머무는
자리에서

# 머무는 자리에서

지은이 | 윤경숙
펴낸이 | 황인원
펴낸곳 | 다차원북스

신고번호 | 제409-251002011000248호

초판 1쇄 인쇄 | 2015년 08월 21일
초판 1쇄 발행 | 2015년 08월 28일

우편번호 | 10088
주소 | 경기도 김포시 김포한강2로 114, 106-1204
전화 | (031)984-2010
팩시밀리 | (031)984-2079
E-mail | dachawon@daum.net

ISBN 978-89-97659-67-8  03810

값 · 10,000원

이 도서의 국립중앙도서관 출판시도서목록(CIP)은 서지정보유통지원시스템 홈페이지
(http://seoji.nl.go.kr)와 국가자료공동목록시스템(http://www.nl.go.kr/kolisnet)
에서 이용하실 수 있습니다.(CIP제어번호: CIP2015022623)

윤경숙 시집

# 머무는
# 자리에서

다차원북스

내 삶의 유일한 낙
그건 바로
글을 쓰는 것이다.

어린 시절
아무도 봐주지 않는, 그래서 마치
이름 없는 들풀처럼
쓸쓸히
홀로 밤이면 일기를 썼다.

그 몸짓이
오늘의 나를 만들어 주었고
생명을 이어주는
끈이 되었다.

# 20년의 소회(所懷)

격세지감(隔世之感)을 느낍니다. 그리고 감회가 새롭습니다.
그러나 그때는 몹시 떨리고 두려웠습니다.
마치 들어가서는 안 되는 성역을 아무도 모르게 들어가는 그런 느낌이었습니다.
20년 전, 그렇게 마흔네 살의 늦깎이 시인으로 첫 시집《차라리 침묵하고》를 세상에 내놓았습니다. 문단에 첫 발을 딛던 그때, 저는 너무나 떨리고 두려웠습니다. 그토록 망설이며 두려웠던 가장 큰 이유는 다름 아닌 부족한 배움이었습니다. 중학교 졸업이 제 학력 전부였습니다. 물론 삼십대 중반부터 불교 교양과정을 거쳐 대원불교대학과 동국대 불교대학원 등 늦은 공부를 참으로 힘겹게 해냈습니다. 그러나 그것은 정규과정이 아닙니다. 그럼에도 주변에 계신 분들의 격려와 권유에 힘입어 첫 시집을 세상에 내놓을 수 있었습니다.
그 뒤, 긴 세월 속에 숱한 사건과 사연으로 우여곡절을 겪었습니다. 정말 끝이 보이지 않을 것 같은 암울한 미로 같은 세월이었습니다. 그런 질곡 속에서도 몇 권의 시집과 더불어 억울함을 당해 감옥까지 가야 했던 사건을 자전적 장편소설《스쳐간 바람》으로 풀어냈고, 담담해지려고 노력했던 일상의 생각을 정리해 자전 에세이《내 가슴 가시를 빼내며》로 토해내며 삶의 끈을 놓치지 않으려고 몸부림쳤습니다.

오랜 시련을 견뎌내고 이제 잠시 숨을 고르며 지나간 시간을 돌아봅니다. 무엇이 나를 그토록 힘들게 했을까? 긴 한숨으로 마음 달래며 그 의문을 풀어봅니다.

지금 저는 언제 어디서나 누구라도 자신이 머무는 곳에서 최선을 다하며 살자는 말을 하고 싶습니다. 제가 그렇게 스스로 버티고 삭히며 살아냈습니다. 삶이란 환경과 조건을 극복하며 자신의 운명을 개척해 나가는 과정이라고 믿기 때문입니다.

그래서 이번에 새로운 시집 《머무는 자리에서》를 펴냅니다. 제 인생의 7번째 책입니다. 글을 마무리 하며 울컥한 마음에 눈시울이 붉어집니다. 첫 시집을 내고 20년 만입니다.

늘 먼동이 트지 않은 새벽하늘을 보며 하루를 시작합니다.

이렇게 편안한 마음으로 하루를 맞을 수 있다는 현실이 분에 넘치도록 고맙게 느껴집니다. 그동안 저를 격려해주시고 사랑해 주시며 이끌어 주신 모든 분들께 진심어린 감사를 드립니다. 그리고 결코 평탄하지 않았던 환경에서도 바르게 잘 커준 두 아들에게도 고마움을 전합니다. 앞으로도 더 열심히 살며 세상을 사랑하겠습니다.

2015년 8월

녹음이 짙은 효자촌 서가에서 윤경숙

차례

# 1부 ⋯⋯⋯ 차라리 침묵하고

# 2부 　무상(無常)

# 3부 ........................ 내 삶의 흔적

# 4부          인생, 그 길목에서

# 1부 ⸻⸻ 차라리 침묵하고

시시비비 가려본들
가소롭기 그지없어
차라리
침묵하고
고독을 벗하리라

# 조용한 절규

머무는 자리에서
싹 띄우고
잎 키워
꽃 피우리라

바람 불어, 그 자리에
꽃 지고
꽃잎 떨어져도
모두 안고 삭히며
견디리라

그 몸짓
조용한 절규다

모두가
머무는 자리에서

*김현옥 작곡, 소프라노 민은홍.

# 맑은 물소리

고요한 산사 계곡 흐르는 물소리
그 소리에 마음 머무니
눈물이 흐른다

서러워서가 아니다
외로워서도 아니다
여기까지 오느라, 얼마나 아팠는가?
얼마나 아팠는가?

적막한 겨울 산사
차가운 바람소리 계곡 물소리
소리 없이 흐르는 눈물

아!
이제는, 이제는 모두 벗어나
맑은 물소리 벗이 되어
맑은 미소를 지으리라

＊김혜선 작곡, 바리톤 송기창.

# 情

수없이 헤어지고
또 만나고

실타래 풀어내듯 올올이
엮어가는 삶

잡을 수도 없고
놓을 수는 더 없는

정 하나

# 고독 1

외로움이 아니다

영혼을 승화시키는
성스러운 기도다

# 고독 2

어쩌란 말이냐?

밤은 깊어 삼경인데

가슴에 흐르는
이 뜨거운
피를

# 고독 3

아무래도

난
별인가 보다

이토록

이토록
외로운 것이

# 고독 4


외로움을 요리하여
인생의 잔에 담고

그리움을 섞어
칵테일을 만든다

혼을 달래며
고독을 아우른다

# 고독 5

홀로 있어
외로움이 아니다

대중 속의 외로움
그건
더 없는
무서운 형벌이다

# 고독 6

숨죽이고
눈을
감는다

번쩍이는 섬광
선뜻
심장에 꽂힌다

# 고독 7


술
한 잔 마신다

두 잔 마시고
숫자를 잊으니

고독이
나를
삼키고 마네

# 고독 8

진공묘유(眞空妙有)

그 신비의 세상으로
들어가는

단
하나의 길

# 고독 9


술잔 속에
혼이
춤을 춘다

그 춤
화려하다

외로움 벗어난
자유

# 고독 10

깊은 밤
긴
한숨 토하니

그 한숨
녹아
술이 되네

# 고독 11

나에게
불치병으로 명명된
그다

그러나 목숨처럼 사랑한다

그로 해서 내가 태어났고
내 존재 의미도 있음으로
술잔에 술을 따라 그에게 권하니
진한 눈빛으로 나를 본다
보이지 않는 전류가 흐르고
애무가 시작되며
난, 오르가즘을 꿈꾼다

그는 언제나 나에게
갈증과 목마름을 주지만
숙명처럼 사랑한다
그를

# 그 여자

소피아 로렌을 우상처럼 좋아하고
투명한 소주를 앤이라
칭하는 여자

흐른 세월의 계급장을 빛나게 달고도
씩씩하고 당당하게
청바지에 쫄티를 입고
젊은이들에게 58년 개띠라고
빡빡 우기는 여자

감정이 풍부하여 눈물도 많고
넉넉한 마음처럼 웃음도 많은

외로우면 홀로 달려가는 속초의 대포항
왜? 가느냐고 물었더니
그곳엔 착하고 힘센 젊은 사내들이 많다나?

사실은
추억의 허상을 묻으러 가면서도, 그리고 심장을 꺼내 그 차가운 동
해바다에 던져 버리고 싶으면서도…

능청스러운 얼굴로
가끔은
그런 젊은 사내가 그립다나?

가난한 우리들에게 진실의 미소를 보여주는
작은 영웅 같은
그 여자

그러나
정작
자신의 가슴에 묻혀 있는
아픔을 이기지 못해
어쩌다가는 끼억끼억 슬픔을 토하는
여자

그 여자

# 잘사는 길 1

아무것도 아닌 것 같은
작은 일에
거짓 없이 순수하며
진실한 것

자신 스스로
떳떳하고 당당하며
부끄럽지 않은
삶을 살아 내는 것

결국
자기 자신이 스승이다

# 잘사는 길 2

물끄러미 바라보며
시비하지 않기

그냥 그러려니
인정해주며

때로는
맘에 들지 않아도
담담한 미소로
바라보는 것

더불어
살아야 하기에

# 잘사는 길 3

말이 거칠고 남의 가슴에 함부로 말하는 사람은 장수하지 못한다. 그런 사람들은 대부분 병이 들고 요절한다.

정구업진언*이라는 불교의 가르침이 왜 중요한지 살다 보니 이해가 된다. 말은 자신의 인격을 적나라하게 드러내는 토탈 패션이기 때문이다.

말을 예쁘게 하면 잘 사는 길이다.

*정구업진언(淨口業眞言) : 입을 깨끗하게 하는 기도문. 거짓말, 꾸미는 말, 이간하는 말, 악담하는 말, 이 네 가지를 하지 말라는 뜻.

# 차라리 침묵하고

비운 듯 했는데 목마름은 여전하고
아는 듯 했는데 아는 것이 없으니
허공에 떠도는 아련한 이 마음

뜬구름 덧없다 말은 했지만
내가 저 뜬구름인 줄 어찌 알겠소
산천초목 바라보니
그 모습이 바로 '나' 인 것을

산이 높으니 골도 깊어라
높은 님 섬기니 외로움만 가득하고
그리움만 강물 되어 흐르네

시시비비 가려본들
가소롭기 그지없어
차라리
침묵하고 고독을 벗하리라


*김현옥 작곡, 소프라노 김순영.

# 2부       무상(無常)

방황 안고
갈등 파도 춤을 춘다

너울, 그 춤
외로움 달래며
영원한
바다에 표류한다

# 시어(詩語)


고열의 담금질
사경을 헤맨다

몇 날 밤
그렇게
그렇게 고통 속에서
건져낸

귀한
그 한마디

# 새벽 1


고요 속에
침묵

모두가 정지된
시간과 허공
홀로
공백 속에 머문다

깨어나는
빛

# 새벽 2

무거운 침묵으로
모든 것을
가두었던 어둠이
그 위력을 상실하며

빛이 탄생하는
그 순간

# 새벽 3

뿌연
하늘이
틈을 비집고
하품을 시작하는
순간

모든 희망
태초의 빛

# 새벽 4

꿈 아닌 몽상
그저
그렇게
안고 뒹굴어

헛꿈 깨어나

환생한다

# 새벽 5

세상을 평정한다

천상천하(天上天下)
유아독존(唯我獨尊)

하하하

# 새벽 6

모든 역사를
새로
시작되는 순간

초침이 움직여
시간이 흐르듯

사람의 운명도
이 순간에
움트며 시작된다

# 새벽 7

운명을 개척하고 싶으면 새벽에 눈을 뜨고 일어나라.

하루를 살며 잠에서 깨어나는 순간부터 무슨 생각을 하며 무슨 행동을 하느냐에 따라 자신이 자신의 운명을 만들어 가는 것이다.

깨어 있다는 것은 그래서 중요하다. 깨어 있지 않으면 아무것도 없다. 깨어 있다는 것은 생각이 열려 있다는 뜻이다. 생각이 열려 있고 깨어 있으면 그게 바로 잘 사는 것이며 자신의 운명을 만들어 가는 것이다.
긍정적으로 깨어 있어야 한다. 긍정의 힘은 에너지를 분출시켜 새로운 장을 만들 수 있기 때문이다.

새벽, 그 순간이 바로 신비의 에너지를 우주로부터 공급받는 시간이다.
운명을 개척하고 싶다면 새벽에 깨어나라.

# 새벽 기도

고요 속에 열리며 깨어나는 침묵
정지되어 무거운 시간
홀로 빛을 열어 허공에 머문다

태초의 빛처럼 하늘이
서서히 열리면
밤하늘은 위력을 상실하고
어둠은 무너진다

빛나게 하소서
찬란한 하루가

# 길 잃은 영혼

한밤에
외로운 영혼은 잠들지 못하고
어두운 밤하늘
까마득히 피어나는
강물 같은 그리움이여

사랑이라는
애정의 독약을 삼켜야 하는
처절한 몸부림
이 밤
외로운 영혼 달래어 본다

# 방황 1

또 다른
하나의 희망

방황 없이
어찌
꽃이 피는가?

# 방황 2

결코
흩어지는
바람이 아니다

성숙을 찾아 헤매는
아름다운 흔들림

그
끝자락의 바람

# 방황 3

바람에 날리는
꽃잎이
여자의 방황이라면

뿌리가
흔들리는
남자의 방황

# 유연한 삶

건강하고 행복한 삶을 살려면 몸과 마음이 유연해야 한다.
우선 마음이 유연해야 몸도 유연해진다.
몸도 마음도 유연해야 삶이 유연하다.
삶이 유연하다는 것은 조화를 잘 이루고 있다는 뜻한다.

마음이 유연해지려면 듣는 힘이 있어야 한다. 들을 수 있는 지혜,
그것이 바로 마음이 유연해질 수 있는 힘이다.
듣지 못하면 아무것도 기대할 수 없다. 제대로 듣고 생각하며 그
들은 것을 갈무리하여 자신의 것으로 만들어야 한다. 그래야 제대
로 바른 행동을 할 수 있는 것이다.

유연한 삶은 인생을 제대로 사는 것이다.

# 진리 1

시대가 변하면
법도 변하고 상식도 변한다
심지어 윤리 도덕도 변한다

영구불멸 변하지 않는 것은
순리와 이치다

순리를 따르지 않으면 불행이 오고
이치를 모르면
파괴가 오기 때문이다

# 진리 2

자유 같은 방종
방종 같은 자유

혼동하며 방황하는
사람, 사람들

자유와 방종은 전혀 다른 것이다

# 행복 1

행복의 기본은 평범함이다.
그런데 아이러니하게도 우린 그 평범한 일상을 감사할 줄 모르고
산다. 그리고 어느 날, 불행을 당하여 행복을 잃고서야 비로소 평
범한 행복을 아쉬워한다.

당당하게 살며 평범함을 감사할 줄 알고 나눔의 미덕을 깨달으면
그게 행복한 삶이다.

# 행복 2

행복은 자신이 가꾸는 것이다.
주어진 현실에 충실하며 감정을 다스릴 수 있는 능력이 있어야 한
다. 자신의 감정을 다스리지 못하면 불해의 늪으로 떨어지면 행복
은 멀어져간다.

# 행복 3

행복의 기준은 사람마다 다르다.
무엇이 행복이라고 정의를 내릴 수는 없다.
돈을 가장 중요하다고 하는 사람이 있는가 하면 사랑에 목숨을 거
는 사람도 있다. 물론 명예나 권력 등 사회적 욕구에 의해 자신 내
면에 대한 갈등을 안고 살기도 한다.

그런가 하면 무엇이든 열정으로 치열하게 사는 사람이 있는가 하
면 그 무엇에도 덤덤하게 사는 사람도 있다.
인생이라는 누구나 다 주어진 원재료에 웃고 우는 감정의 조미료
를 가미하여 자신의 인생을 요리하는 것이다.
모두가 어우러지며 사는 것이다.

# 행복 4

누구나 물질을 벗어나지 못하는 것이 세상의 이치이다.
그러니 물질의 노예가 되는 것도 물질을 즐기며 사는 것도 모두 자신의 능력이다. 명품과 보석으로 겉모습을 화려하게 치장해도 마음이 가난하면 아무런 의미가 없기 때문이다.

# 무상

길 가다 문득, 생각나는 그대
그리움이 사무쳐
눈시울 붉어지리니
차마, 잊혀지리 짐작도 못하리니
고운 정 하나 가슴에 묻으리라

스스로 온 자
스스로 갈 것이다

훗날에도
잊지 못할 정 하나
그 정 하나를 가슴에 숨기며
세월 가도
기억되는 삶
한 페이지가 있으리니

\*김현옥 작곡, 소프라노 김현주.

# 3부 　　내 삶의 흔적

얼룩진 수채화 화폭 속에
피카소의 추상화처럼

도저히
이해할 수 없는 낯선
그림 같은

내 삶의 흔적

# 緣

때로는 무한 공간 대우주
그러나 또 때로는
바늘구멍 보다 작은 틈새

우리가 살아가며
숨 쉬는 공간

감정을 표출하고
자신과 혹은 자신 아닌 타인과
감정이 교차하며 일어나는
불꽃

그 불꽃
연(緣)이 된다

# 겨울비

해후의 기약도 없는 이별의 서곡인가
아쉬움 남기고 떠나는 약속한 님의 모습인가

어찌하여 기나긴 밤
차가운 몸짓으로 흐르나

앙상한 가로수에 입을 맞추며
가로등 불빛조차 달래길 없는 고독의 그림자

차라리 은백색 너울 꽃으로 춤을 춘다면
외씨 같은 버선발로 마중할 것을

그리움만 가득 적시는 야속한
그대 겨울비

\*임혜정 작곡, 소프라노 황혜재.

# 스쳐간 바람

막막했다
할 수 있는 일이 없었다
어쩔 수 없이
억울함을 한 자, 한 자 눈물로 썼다
마치 맨손으로 돌을 쪼아내듯 …

내 자전 소설 《스쳐간 바람》
울분을 토했다

묻지 마 살인 같은 기막힌
내 사연

# 바람 1

바람이 불었다

그리고
그 바람은 스쳐갔다

그렇게
바람이 스쳐간 자리
흔적이
붉은
선혈로 남아 있다

# 바람 2

바람은 폭력이 되어
나를 가두었다

바람은 스쳐갔지만
그 자리에
꽃은
향기를 뿜어

독을
정화하고 있었다

# 바람 3

바람의 기류에
휘청거리는
빛

고이 잠든 나를 깨워

소리 없이
머문다

# 가슴에 있는 사람

좋은 사람은
가슴에 담아 놓기만 해도 좋다

그의 숨결을 느끼고
그의 손길을 그리워하는 순간들이
너무나 소중한 시간들

그를 만남으로
이 삭막한 가슴에 뜨거운
불꽃은 피어나고
삶의 환희를 느끼지만

우리에게
그 불꽃은 얼마나 타오를까?
안타까운 마음으로
그를 바라보아야 한다

그는
가슴에 있는 사람이기에

# 꿈속의 님

꿈에 뵈는 님
굳은 언약은 없었지만
사무치는 그리움을 생시인들 잊으리오

꿈속의 만남이 비록 허망하여도
생시에 아니 계신 님
어찌 꿈이라 탓하리까

눈 감으면 꿈이오니
눈 뜨지 않으리라

님이여!
꿈에서라도 님의 품에 안기오니
꿈이라 탓하지 마옵소서

# 고운 님

한 자락 내 생애에
님을 휘감아
섬섬옥수 고운 손길로
살뜰히 섬기옵고

창가에 뜨는 별빛
자락 속에 감추어
달 없는 어둔 밤
님 앞에 펼치리라

저!
영롱한 별빛과 같이
고웁고 곱게
님 섬기어 한세상
넌즈시
돌아가리라

*이종록 작곡, 메조소프라노 정유진.

# 겨울여자

깊고 깊은 심연에 감춰진
순결한 사랑을 가슴에 안고
그 여자는 여행을 떠난다

모두가 떠난 빈 모래사장에 홀로
아쉬운 추억의 사랑을 기억하는데
겨울바람은 바다를 거슬러 불어와
그 여자를 유혹한다

어둠은 스멀스멀 내려와 바다를 삼키면
하나 둘, 살아나는 먼 바다의 불빛들
떠나리라, 텅 빈 겨울 바다로

겨울여자가 되어

*임혜정 작곡, 메조소프라노 황혜재.

# 그대의 그대가 되어

첫눈에 마치 운명처럼 여운이 울렸습니다

미지의 세상에
손을 내밀 듯
당신의 손을 잡았습니다

억겁의 세월 우주에 머물 듯
천상의 소리에 하늘이 열리며 우리는 만났습니다
사바세계 고해의 바다 외롭게 돌아가는 길
안개비 내리는 밤거리에 홀로 있는
당신을 보았습니다

나, 이제
산 같은 바위가 되어
그대 곁에 머무르리라

그대의 그대가 되어

# 꽃처럼 살고 싶다

꼭
장미가 아니어도

꼭
백합이 아니어도

한적한 길가에 누구도 관심 없는
키 작은 꽃이어도
좋다

꽃으로 피어
푸른 하늘을 볼 수만 있다면
좋다

화려하거나 향기롭거나
아름답지 않아도
난, 그냥 내 꽃을 피우고
내 색깔, 내 향기로
묵묵히
꽃처럼 살고 싶다

# 나의 방황

어둠을 쓸어내고
밝은 빛을
온 세상에 두루 비치려
방황하며

글을 쓰고
말을 하며
고차원의 굿을 한다.

無에서 有를 창조하는 것
그것은 지독한
외로움

# 해후

무슨 까닭이었을까?

머나먼 길
돌고 돌아야 했던
그 숨겨진 연의 고리는 무엇인가

골 깊은 질곡의 늪이여
아물지 못할
상처 같은 사연의 조각들이여
말 못하는, 아니
말할 수도 없는
언어가 끊어진 자리

마주한 눈에는 소리 없는
눈물만이 하염없이 흐르네
그 연(緣)은

*임우상 작곡, 소프라노 정기옥.

# 내 가슴 가시를 빼내며 1


가슴에 가시 없는 사람 어디 있으랴
우리는 알게 모르게 가시를 품고 사는데…
내 가슴 가시만 가시이겠는가?

# 내 가슴 가시를 빼내며 2

끌어안지도 못할 가시넝쿨
어쩌다
조금 잘못 움직이면
그 가시는
사정없이 나를 찌른다

가시에 찔리면
피가 흐르고 아프다
그 아픔이 두려워
비껴가려고 애쓰며 긴장한다

내 삶은
그런 가시 넝쿨을 안고 산다

# 어느 독자의 러브레터

〈내 가슴 가시를 빼내며〉

마지막 장을 덮고 창밖을 보니
하늘빛이 맑다
티 하나 없는 맑은 가을 하늘이다

한 권의 책에 다 담지 못했을
그의 가슴 속이 더 궁금하다

숱한 사연과 질곡, 아픔 속에서도
그를 견디게 한 것은 아마도
어머니라는 그 이름의 힘이 아니었을까?

첫 만남에서 봤던 그의 해맑은 미소 뒤에
그런 아픈 사연이 묻혀 있었다니…

그의 글을 읽으며 그의 고운 미소가
서늘한 슬픔으로
마치 밀물처럼 다가온다

온실 안 화초처럼 곱고 화사하게 보이던
그의 가슴에
이런 가시넝쿨을 안고 살았다니…

쉽지 않은 역경을 이겨내고 꿋꿋하게 선
그에게 존경과 아낌없는 찬사를 보내며
그를 가슴에 안아주고 싶다

# 사랑 1

문득, 내 영혼이
허옇게 빛바랜 빈 우렁이 껍질로
유령처럼 허공에
떠도는 듯하다

불어오는 갈바람 탓일까?
속절없는 그리움
그 무엇도 채울 수 없는
잃어버린 청춘을 찾지 못하는
안타까운 사랑

# 사랑 2

아무것도 기대할 수 없기에
그저 때 묻지 않은 순수함으로
가슴에 묻어야 하는 처연함
황망히 떠나는
그 환상

홀로 몽롱한 미련에 취기를 잡고
긴 기다림에 끝
보고픈 얼굴 그 환영을 그리며
잠식해 가는 내 영혼
서서히
베일을 벗고 싶다

# 사랑 3

사랑은 믿음이다
아낌없이 주고도 모자라
눈물이 흐르는 아름다운 것

거센 바람이 불어도 반석 같은 믿음으로
기다림의 서러움이 깊어도 참고
참고 기다리는 것

힘겨운 삶이 도래하여도
쉬지 않고 달려가며
사랑하는 마음이 한량없어
비로서
님과 내가 둘이 아니었음을 깨닫는
성숙한 믿음이다

＊안정모 작곡. 소프라노 손희정.

# 청산

청산에 달 뜨니
솔잎이 고아라

골짜기 흐르는 물
무슨 시름 엮을까

소쩍새는 어이하여
밤새워 저리 우는가?

님 그리는 이 마음
뉘라서 알리

저
달 아래 말없는 청산을
내 품에 안고 가리라


＊김현옥 작곡, 테너 옥상훈.

# 여심

밤하늘은
무거운 침묵으로
슬프도록
나를 외롭게 한다

그믐달
서럽다고 눈 흘기며 기우는데
누가 있어 저 달을
달래 줄 수 있으리

\* 김채환 작곡, 김채환 노래.

# 촛불

무슨 한이 그리도 사무치어
그 고운 속마음을 태우시나요?
너울너울 타는 불꽃
그 누구라 그 마음 아오리까?

흐르는 눈물조차
차마
아쉬워 알알이 진주되어 맺혀 빛나고
아름다운 불꽃으로 승화하시니

천상에 옥녀로서 환생하소서

*이남영 작곡, 바리톤 송기창.

# 이토록 그리움이

서쪽 하늘에는
외로운 외기러기

가지마다 걸린 달빛
눈이 부신데

고깔 속에 감춘 붉은 입술은
못 견디어 서러운 몸짓을 하네

어이할 꺼나
꽃잎은 지고 울지도 못하는
사랑을 가졌고

아!
한 자락 장삼자락이
허공을 나르네

＊오동일 작곡, 소프라노 정기옥.

# 4부 인생, 그 길목에서

먼 훗날
홀로
조용히 가리라

무엇을
남기리

# 인연(因緣)


침묵으로 관(觀)하시고
미소로서 음(音)하시는

억겁(億劫)의 인연(因緣)을
오늘에야 맺습니다

무명(無明)에 가리운 정(情)
이제야 거두옵고

야자시(夜子時) 명자시(明子時)
밤은 깊은데

유정(有情) 무정(無情) 모두 잊고
송죽향(松竹香)을 사룹니다

# 하얀 그리움

기다리는 마음 하나
그리움도 하나

그대 향한 그리움
하얀 꽃으로 피어나리라

눈 속에 고인
호수 같은 그리움이여
삭막한 세상에 한 줄기 빛으로
다가온 그대

세상에서
가장 소중한 사람으로
내 가슴에 새겨진 그대 모습
가슴에 묻고 가리라

하얀 그리움

＊오동일 작곡, 소프라노 정기옥.

# 가신 님

진주처럼 고운 정 아낌없이 드리고
이슬처럼 맑은 순결 그대에게 드렸더니
세월 한 구비 흐르던 어느 날
간다는 인사도 없이 훌쩍 가신 님

아직도 당신의 목소리는 귓전에 맴도는데
깊어가는 겨울밤이 길기만 하오
차마, 소리 내어 울지도 못하고
그리움만 강물처럼 흘러만 가오

그대 어찌하여 죽지 못한 죄인을 만들어 놓고
살아 있음이 미안한 여자를 남겨놓고 가시었소

야속한 님이여


*윤지훈 작곡, 바리톤 송기창.

# 식탁 1

야채 비빔밥을 만든다

어찌
야채와 밥만 비비랴

사랑과 정성 고소한
참기름을 듬뿍 넣고

함박웃음 그릇에 담아
행복을 맛본다

# 식탁 2

우리에게 신기루 같은 행복이란
식탁에서 시작된다

식탁은 단순히
먹는다. 그런 생리적 본능만을
해결하는 자리가 아니다

웃으며
소통하며
사랑을 키워
모든 것을 극복하는
위대한 자리다

# 식탁 3

극심한 세대차이 불균형을
균형으로 이끌어야 하는
고뇌가 따른다

새우젓을 넣어 끓인
젓갈 맛의 비지찌개로 오랜만에
입맛을 잡았다

피자 치킨으로 길들여진
꼬맹이들 냄새도 싫다고
도망간다

# 식탁 4

식탁 위에 고운 꽃 한 송이
향기로운 그 작은 꽃
한 송이가

많은 것을 이뤄낼 수 있는
조용하지만
큰 위력의 힘이다

위대한 작은 힘

# 식탁 5

마시는 것은 투명한 유리컵에 담는다.

우리 몸은 가장 중요한 것이 눈이다. 우선 눈으로 봐야 뇌에서 인지를 한다. 그리고 코로 향기를 맡으며 먹어야 정서가 안정된다.

진짜 맛을 먹는다.

# 식탁 6

먹는다. 정말 중요한 것이다.

건강한 삶은 건강한 식생활에서 시작된다. 그래서 주방에서 요리를 하는 주부의 마음과 태도가 중요하다.

사랑하는 마음으로 요리를 하면 약이 되지만 나쁜 마음으로 요리하면 독이 된다. 독을 먹으면 병이 든다. 주부의 손톱이 길면 비위생적이다.

가정의 행복은 여자의 손끝에서 만들어진다.

# 빈 길

지금은
빈 길이지만

꼭 가고 싶은 길 하나 있다. 말 못하는 그 길
하늘이 허락해 준다면
단 한 번만이라도 가고 싶은
길 하나 있다

언제쯤일까?
그토록 내가 기다리는 간절한 그 길

기다림도 때로는 고문이다
내 기다림이
어쩌면 영원한 미완으로 끝날지라도
지금 살아 있음으로
오늘
그 빈 길을 향해 걷는다

내 마음 빗장을 열어놓은 당신
그대를 향해

# 생명

오직 하나
더 없이 소중한 것

우렁찬 울음으로 탄생하여 고해의 바다에 홀로 항해한다. 황혼의
노을까지 외로운 길에 너와 나, 숨 쉬는 이 순간 생명이 있음이다

함부로 말하지 마라
함부로 버리지 마라
함부로 짓밟지 마라

하늘 아래, 땅 위에
이 보다
더 소중한 것이 존재하더냐?

단 하나
경이롭고 신비한 그 숨줄

생명

# 인생

답은 없지만
길은 있다

살아 내야만 하는 고독한 여정
그 길에서 서성이며
허무하지만
한 번쯤, 용기 내어 씩씩한
행진을 해 보자

억지나 두려움이 아닌 당당함으로

한 번 살고 가는 인생이다

# 하루

늘 시작하는 하루지만

월요일은 활기차고 동적인 감각이 살아나며
씩씩한 행진을 한다
수요일 오후가 되면 주말을 그리워한다
목요일은 모종의 사건을 음모한다
금요일 저녁
모든 것이 풀어지며 해방감을 만끽하고
해냈다는 만족에 스스로 기쁘다

드뎌 주말
모든 것이 동적이며 절정에 이른다

일요일 아침
고즈넉한 고요함 속에
느림의 미학이 오히려 아름답다

하루를 잘산다는 것
바로
인생을 잘사는 것이다

# 이견(異見)


다르다

같다 다르다 맞는다 틀렸다
불화음이 화음이다

갈등이 빗어지는 어이없는 현상
다른 생각을 서로 설득하려는 모순
다르다는 것에 대한 갈등

다르다는 것은
틀렸다가 아니다

다른 것을 서로 인정하려 할 때
우린 진정한
화합을 할 수 있는 것이다

# 소망

잘산다는 것은 단순히 잘 먹고 명품을 두르는 것이 아니다.

사람이 사람답게 산다는 것은 도리를 알고 분별을 아는 것이다.
좀 더 품격을 갖춘다면 배려와 봉사를 기본으로 생각하는 사람이
다. 아무렇게나 막 살고 싶으면 돈도 필요 없고 배울 필요도 없다.
돈은 의식주 기본생활 외에 품위 유지비로 필요한 것이며 배움 또
한 인격을 갖추기 위함이다. 배움이 단순히 지식이나 학문만을 필
요로 하는 것이 아니다. 배운 만큼 품위를 지키며 사회에 환원하는
자세로 세상의 순리를 따르는 것이다.

고차원의 품위를 갖추고 베풀 줄 알며 감사를 아는 그런 어른다운
훌륭한 어른들이 많은 세상이 되기를 소망한다.

102

# 사랑하자

참을 수 없을 만큼 가벼운 존재의 허상이 인생이다.

인생이 허무하다는 말은 마치 앵무새가 뜻은 몰라도 단어를 가르쳐주면 따라 하는 것처럼, 누구나 다 허무하다는 말을 한다.

정말 인생이 얼마나 허무한 것인지 진리의 깨닫는다면 그 순간부터 삶이 달라진다. 그 깊이를 깨닫지 못하고 그저 말로만 허무하다고 떠들며 살아가기 때문에 세상이 늘 어지러운 것이다.

진정 인생의 허무를 안다면 하루, 하루 매 순간을 헛된 시간으로 낭비하지 않을 것이다. 태어남과 동시에 주어진 무대에 주어진 역할(운명)이 끝나면 미련 없이 떠나는 것이다. 그런데 그 시간 속에서 서로 미워하며 악쓰며 살아야 할까? 그건 어리석고 부질없이 자신의 인생을 낭비하는 것이다.

잘나도 못나도 봐주며 자연스럽게 살자. 독한 말 한마디가 사람을 죽이는 것이다. 아내에게 남편에게 독살스런 말을 하며 살아본들 남는 것이 무엇인가? 가족과 이웃에 미소 지으며 부드럽게 웃는 말 한마디가 바로 보배로운 삶이며 행복한 삶이다.

사랑하며 살아도 죽음 앞에선 아쉬움만 남는다. 막상 죽음이라는 이별 앞에서 통곡하며 후회한들 뭐 하겠는가?

하늘에 떠 있는 한 점 구름만도 못한 허무한 삶이다.

우리 사랑하며 살자.

# 나를 보자

남을 보려하지 말고
자신을 보라

남을 보는 사람은
결코
자신을 보지 못한다

자신을 보지 못하는 사람은
인생을 제대로 살지 못한다

자신을 바로 보며
인생을 살아야 한다

# 효자촌

지저귀는 새 소리
새벽잠을 깨우고

눈 내리는 밤
가로등 불빛이 황홀하다

꽃 피면 곱다 못해 너무나 야하고
짙은 녹음이 우아한 거리

낙엽이 깔린 거리에서 나는
영화 속 주인공처럼 걷는다

우리 마을 효자촌

# 마지막 불꽃

나이 들면
떨리는 심장이 없는 줄 알았다

늙으면
뜨거운 가슴도 없는 줄 알았다

그러나
어쩌랴
황혼의 사랑이
청춘보다 더 절절하고
더
붉으니

# 그 한마디


죽지 마세요

.

.

.

남편의 장례식장에서

두 아들이
나에게
한 말이다

# 인생, 그 길목에서

잠시
정체되어 있는 듯한 시간들, 그러나
어느 한순간도 멈추지 않고
유유히 흘러가고 있을 뿐이다

어깨 위에 내려앉은
삶의 무게
비껴가지 못하는 세월이여
어지럽게 흔들리는 고독한 상념
슬프다 못해 하얗게 빛바랜
추억들

흘러가리라
그리고
잊혀 지리라

인생, 그 길목에서

# 비상(飛翔)


일곱 색깔
무지개
아름다운 빛이여

꿈의 빛
희망의 빛
온 우주에 빛나리라

내 인생 무지개를 타고

나는
비상하리라

# 오직, 이 나라가 평화롭고 안녕하기를

글을 마무리 하고 나면 허탈하면서도 한편으로는 편안해 진다.
조금은 여유로워진 마음으로 주위를 돌아보니 광복 70주년을 맞아
그와 관련된 각종 기사와 프로그램들이 신문과 방송에 가득하다.
문득, 나라가 없다면 문학이며 예술이며 학문이 제대로 꽃을 피울
수 있을까 하는 생각에 머문다.

우리 부모님 고향은 개성이다.
나는 그곳에서 태어나 전쟁 중 1·4후퇴 때 부모님 품에 안겨 이 땅
에 왔다. 어린 시절 배고픔과 빈곤을 뼈저리도록 겪어야 했고 배움
도 부족했다. 그런 환경은 나로 하여금 그저 내 가족을 위해서 나를
희생하며 열심히 살도록 만들었다.

나는 정치나 사상은 모른다.
다만 고향을 그리워하며 통곡하시던 아버지를 기억한다. 어째서
아버지는 전쟁 중에 목숨을 걸고 어린 나를 품에 안고 남쪽으로 내
려오셨을까? 부모님과 모든 재산을 남겨놓고 말이다. 만약에 우리
부모님이 그냥 이북에 있었다면 지금의 나는 어떻게 되어 있을까?
그런 생각에 잠겨본다. 이제는 부모님도 다 돌아가시고 나도 인정
하고 싶지 않지만 늙어가고 있는 초로의 노인이 되었다.

이제 우리 후세를 위해서라도 다시는 일제 강점기 같은 처참한 암흑세상이 이 땅에 되풀이 되는 비극은 없어야 할 것이다. 그뿐이 아니다. 전쟁도 재연되어서는 안 된다. 지독한 빈곤과 숱한 어려움을 딛고 기적을 일궈낸 대한민국이다. 얼마나 자랑스러운가.

나는 시인이기에 손자 손녀들을 돌보면서도 틈틈이 글을 쓴다. 비록 이렇게 평범한 삶을 사는 민초이지만 내가 오직 바라는 것은 나라의 안녕이다. 나라가 평안해야 나 같은 사람도 아무 걱정 없이 노년을 살 것이다. 또한 우리 후손들도 편안한 삶을 보장 받게 될 것이다.

나는 간절히 기도한다.
이 나라가 평화롭고 안녕하기를.

## 감사한 마음

오랜 시간 글을 쓰느라 외로운 길을 갑니다.

그 글들이 세상에 나올 수 있도록 무더운 삼복더위도 잊은 채

함께 애써주시고 수고해 주신 다차원북스 황인원 사장님과

디자이너 지윤 실장님을 비롯한 다차원북스 식구들에게

진심으로 고마움을 전합니다.

모쪼록 큰 발전 있으시어 빛나시길 빕니다.

감사합니다.


2015년 8월

녹음이 짙은 효자촌 서가에서 윤경숙